Б ⁴⁸ 2408.

LETTRE

D'UN HABITANT DU DÉPARTEMENT DE LA NIÈVRE,

A M. J. FIÉVÉE,

ANCIEN PRÉFET DE CE DÉPARTEMENT;

EN RÉPONSE

A SON MANIFESTE TOUCHANT LES CONSÉQUENCES DE L'INTERVENTION ARMÉE.

PARIS,

CHEZ LES MARCHANDS DE NOUVEAUTÉS.

—◦◦—

1823.

DE L'IMPRIMERIE DE DAVID,

RUE DU POT-DE-FER, n° 14, (F. S.-G.)

LETTRE

D'UN HABITANT DU DÉPARTEMENT DE LA NIÈVRE,

A M. J. FIÉVÉE,

ANCIEN PRÉFET DE CE DÉPARTEMENT;

EN RÉPONSE

A SON MANIFESTE TOUCHANT LES CONSÉQUENCES DE L'INTERVENTION ARMÉE.

———————◦———————

Vous n'apprendrez pas sans plaisir, Monsieur, que votre brochure, qui, je ne sais par quel hasard, a paru dans ce département, presqu'en même temps qu'à Paris, y a fait grand bruit.

Pendant quelques jours on ne parlait d'autres choses dans tout le pays.. Vous avez quelques amis chez nous; ou du moins les opinions que vous professez dans cet écrit, ont

quelques partisans , et les gens qui disent
comme nous ,passent toujours , vous le savez,
pour nos amis ; ces amis du moment, ont
imaginé de vous louer à outrance, ou plutôt
votre brochure; car , pour ce qui est de votre
caractère, de la solidité de vos opinions et de
vos principes , ils n'en disaient mot. Ils disaient seulement que vous étiez un homme
rempli d'esprit , un écrivain constitutionnel;
d'autres disaient , tout bas à la vérité : c'est
un *vieux patriote* qui revient de ses erreurs;
enfin ils ajoutaient , tout haut, que votre
pamphlet était sans réplique.

Vos ennemis, ou mieux , ceux qui ne pen-
sent pas comme vous pensez aujourd'hui,
car pour dire toute la vérité , vous n'avez pas
plus d'ennemis que d'amis chez nous ; enfin,
pour désigner plus précisément ceux dont je
parle, tous les gens de bons sens, de jugement , et qui ne se laissent pas éblouir par
votre ton tranchant et dogmatique, toutes ces
personnes disaient que votre brochure était
au dessous de tout ce que vous aviez publié
jusqu'à ce jour, que l'amphigourisme et l'obs-
curité y dominaient ; que la difficulté de la
position où vous vous étiez placé, avait brouillé

toutes vos idées, obscurci toute votre raison;
ils disaient qu'après vous avoir lu, l'esprit
était aussi satisfait qu'il peut l'être après avoir
vu tirer un feu d'artifice; que durant quelques
jours, cependant, vous feriez probablement
une sorte d'effet sur ceux pour qui la réflexion
est une fatigue; ils disaient que ce style pro-
phétique, à la manière de l'illustre et célèbre
demoiselle Lenormand, était à la portée de
peu de d'esprits, et devait nécessairement
donner beaucoup à penser aux politiques qui
ont quitté l'activité des affaires depuis le 9
Thermidor de l'an II, et depuis le 18 Bru-
maire de l'an 8. Ils disaient encore plusieurs
autres choses qu'il serait trop long de vous
rapporter, qui d'ailleurs pourraient, peut-
être, vous causer quelque ennui, et que pour
ces raisons il est mieux de passer sous silence;
d'autant que notre intention en vous écrivant,
n'est pas principalement de vous informer de
tout ce qui se dit de vous au sujet de votre
pamphlet, mais bien de prendre la liberté de
réfuter vos argumens, autant que notre in-
fériorité pourra le permettre, et de vous
adresser quelques questions indispensables.

Nous nous empressons d'avouer, en toute
humilité, que nous n'eussions pas osé former

une telle entreprise, s'il n'avait été question d'intérêts aussi positifs, et pour la discussion desquels il est plus nécessaire d'avoir du bon sens et de la bonne foi, qu'un talent élevé et flexible comme celui qui vous est propre.

Nous nous arrêterons peu à l'avertissement que vous avez placé en tête de votre brochure, non qu'il ne soit pas de nature à suggérer plusieurs observations, mais parce que vous l'avez presqu'entièrement consacré à nous faire des confidences au sujet de vos goûts, de vos talens, de votre importance et de l'influence supérieure que vous vous persuadez avoir de tous temps exercée, et qu'il ne serait pas poli de vous contredire sur un sujet dans lequel votre vanité se trouve compromise. D'un autre côté, si nous avions été dans la disposition de vous flatter, nous aurions éprouvé des difficultés presqu'insurmontables à cause que vous avez vous-même épuisé la matière. Nous ne vous en blâmons point; loin de là, nous savons que c'est un droit qui appartient aux hommes supérieurs, de se rendre justice à eux-mêmes. L'assurance sert beaucoup dans toutes les positions comme dans toutes les professions, et certainement, dans votre profession d'écrivain

politique, ainsi que dans celle de grand-juge
des ministères (*), vous avez, comme M. l'abbé de Pradt, besoin de cette qualité pour donner du poids à vos paroles. La modestie est
une vertu qui peut convenir, qu'on peut désirer même dans les hommes ordinaires;
mais elle déparerait un homme qui à lui-
même pris la peine de marquer sa place si
haut, qu'on peut dire que, M. l'abbé de Pradt
excepté, nul ne saurait lui être comparé.

Revenons à votre avertissement et à la seule
observation que je désire vous présenter;
vous y dites page 11.

« Partisan du pouvoir et des libertés publiques, je ne les ai jamais séparés; et,
puisqu'il faut que je m'explique, (il fallait
donc nous faire connaître ceux qui vous en
priaient) il me suffira de faire imprimer sur
les circonstances qui occupent tous les esprits, ce que je croyais n'écrire que pour
mon instruction particulière. »

Partisan du pouvoir! — Du quel? du
pouvoir actuel, du ou des pouvoirs tombés,
du pouvoir qui pourrait, en cas d'événement,

(*) Page 2 de l'Avertissement : « J'ai jugé beaucoup
» de Ministères, car nous en avons eu beaucoup. »

s'établir, ou bien de tous les pouvoirs passés, présens et futurs, quels qu'ils puissent être?

L'homme qui adore le pouvoir, à moins qu'il ne l'adore comme les prêtres de Baal adoraient le veau d'or, doit être bien embarrassé, lorsqu'il n'en veut pas séparer les libertés publiques, quand il est forcé de vivre sous un pouvoir tel que celui de Napoléon ; et vous avez dû, monsieur, cruellement souffrir durant tout le cours de son règne?Principalement pendant le temps que vous avez été notre préfet ; car vous ne pouvez disconvenir, qu'il n'existait plus, à cette époque, de libertés publiques.

Vous croyiez n'écrire, dites-vous, la brochure que vous venez de faire imprimer que pour votre instruction particulière. Est-il bien vrai? voyez comme le public se trompe et juge mal. On croit généralement que votre écrit est entièrement une œuvre de circonstance, que chaque phrase, que chaque mot le prouve ; et même on y veut voir une espèce de cause mystérieuse que chacun explique à sa manière. Il y a plusieurs versions que vous pourrez connaître si vous jugez que votre intérêt l'exige, et dont je ne vous entretiendrai pas, crainte de vous déplaire.

Je passe à l'examen de votre ouvrage, et des doctrines qu'il contient.

———————✳———————

Dès la première phrase, je suis forcé de vous faire des observations.

Il est naturel, dites-vous, qu'on s'occupe beaucoup de l'Espagne, au moment où ce noble pays paraît de nouveau destiné à donner à l'Europe *un grand mouvement qu'elle semble redouter*, et vers lequel elle se précipite par les efforts qu'elle prétend faire pour l'éviter.

Vous entendez sans doute, par ce grand mouvement, parler de l'esprit de révolution? Alors il est naturel de le redouter, et vous ne pouvez pas sérieusement trouver en cela matière à blâmer l'Europe. Elle a trop souffert des révolutions, pour n'avoir pas le droit de dire : *C'est asssez* ; et elle a acquis suffisamment d'expérience, pour traiter convenablement cette maladie morale, et guérir malgré eux ceux qui en sont encore atteints. Quant à la nature des moyens, vous différez d'opinion avec toute l'Europe: qu'est-ce que cela prouve? Si vous êtes ami du pouvoir, j'entends du pouvoir légalement constitué dans votre patrie, laissez-le faire. Si vous êtes ami des libertés publiques, même pour les autres nations, faites des vœux pour que la tyrannie cortésienne des Descamisados soit détruite, et pour qu'un gouvernement juste et libéral soit établi en Espagne. Si vous êtes un apôtre de troubles et de révolutions, ne souhaitez rien de tout cela et continuez de nous faire part de ce que vous croyez être vos prévisions. Il faut, pour m'exprimer à votre manière, que chacun remplisse sa destinée.

Mais, dites, à quel propos faites-vous figurer Luther et Philippe II dans cette question? Vous trouvez que ce prince prévit fort juste quelles seraient un jour les conséquences du protestantisme sur le pouvoir absolu; et vous ajoutez: comme il ne concevait pas le pouvoir d'une autre manière, il forma le hardi projet d'arrêter le mouvement des esprits parmi les peuples qu'il gouvernait, de les rendre stationnaires; il échoua dans les pays-bas et réussit complétement en Espagne. — Plus d'erreurs que de mots. Où trouvez-vous dans l'histoire des traces de ce hardi projet que vous nous révélez à l'improviste? Philippe II gouverna despotiquement; suivant la manière de son temps, il ne fit rien en Espagne pour arrêter le mouvement des esprits, parce que de son temps il n'y avait point dans ce pays-là de mouvemens dans les esprits; les Espagnols obéissaient au souverain, et priaient Dieu; le hardi projet que vous prêtez à Philippe II vous appartient tout entier; il n'eût d'autre soin à remplir que de laisser aller les choses suivant leurs cours.

Les progrès des lumières et de la civilisation furent retardés en Espagne par une longue succession de causes actives. C'est à Ferdinand le Catholique qu'il faut remonter pour découvrir les causes de l'état stationnaire, où sont restés si long-temps les esprits en Espagne. L'établissement de la *sainte confrérie* (*), qui fut fondée par les habitans de la Castille, pour réprimer les désordres qui devaient nécessairement affliger un pays engagé depuis plusieurs siècles dans des guerres contre des conquérans d'une religion différente, offrit à Ferdinand le moyen de donner plus de consistance à son autorité.

L'empereur Charles - Quint trouvant ses vastes projets arrêtés par les limites qui bor-

---

(*) Depuis nommé l'Inquisition

naient encore le pouvoir royal, imagina de
fomenter des animosités entre la noblesse et
les communes, pour arriver ainsi à la destruction du pouvoir politique des uns et des
autres. Dans ce but, il protégea aussi l'inquisition qui était un envahissement des communes sur les anciens droits qu'avaient les
nobles de juger ou faire juger tous les procès;
il éprouva la résistance la plus obstinée de la
part de la noblesse; ensuite il parvint à se
faire aider des grands pour réprimer l'insurrection des communes qui voulaient recouvrer leurs anciennes libertés

Charles-Quint, armé de ce pouvoir étendu
qu'un souverain de ce caractère gagne toujours, s'occupa à circonscrire et à rendre il-
lusoires les priviléges que des souverains plus
dépendans avaient accordés. Dépouillées de
leurs immunités, les villes perdirent beaucoup de leur population et de leur importance, et de là, la perte de leur influence dans
les Cortès. Les droits de la nation ainsi res-
treints, le pouvoir de la couronne se fortifia.
Charles ensuite se tourna contre les nobles
qui l'avaient aidé à diminuer la liberté des
peuples, mais qui conservaient encore une
influence politique considérable. Il profita

habilement d'une favorable occasion qui s'o-
frit. Un soulèvement de l'armée, qui n'était
pas payée, le contraignit en 1539 à assembler
les cortès pour en obtenir de l'argent. Ces
cortès, mécontens du mauvais usage qui avait
été fait des subsides précédens, en les emplo-
yant à des opérations étrangères aux intérêts
particuliers de l'Espagne, refusèrent tout secours. Charles-Quint rompit leur assemblée,
et les prélats et les nobles ayant insisté sur
leur droit de ne point payer de taxes, il décla-
ra que ceux qui réclamaient un tel droit, ne
pouvaient pas avoir la prétention de siéger
aux cortès, et en conséquence il prononça leur
exclusion: c'était détruire les cortès, que d'en
exclure le clergé et la noblesse. La désunion, la
jalousie des communes et des grands, fut ainsi
cause de la destruction de la liberté en Espagne. Depuis cette époque, les successeurs de
Charles-Quint n'ont jamais permis à une liberté raisonnable, de se rétablir.

La découverte du nouveau monde et le
soin apporté aux sources fictives de la richesse nationnale, tandis qu'on négligeait
les ressources réelles que possédait l'Espagne,
engendrèrent cette paresse fatale, devenue si
chère aux Espagnols; les arts tombèrent dans

le mépris, l'expulsion des maures et des juifs
anéantit en Espagne toute industrie, et
comme elle n'avait presque rien à échanger
contre l'or de ses colonies, les métaux pré-
cieux disparurent et furent employés à.ache-
ter des autres nations ce qui lui était nécessaire. Il résulta de cette renonciation à tout
travail, à tout commerce, que les habitans
des différentes provinces ou royaumes n'eurent presque plus de communication entre
eux. Les préjugés de provinces, formés d'a-
bord par la manière partielle dont l'Espagne
avait été reconquise sur les Maures, prirent
encore plus de force, et les traits distinctifs du
caractère national originel se conservèrent
intacts.

L'inquisition fut fatale aux arts, aux scien-
ces et à toutes les connaissances utiles. La vi-
gilance de ce redoutable tribunal s'opposa à
toutes les discussions et à toutes les contro-
verses qui exercent et développent les esprits,
engagent les hommes à étudier l'antiquité,
l'histoire, les langues et à acquérir ainsi des
connaissances politiques. C'est ainsi qu'une
profonde ignorance envahit toute l'Espagne.
Telles sont les causes véritables qui arrêtèrent

dans ce pays les progrès de toutes les connaissances humaines.

. Les Pays-Bas échappèrent à Philippe II,
non pas à cause des idées répandues par
Luther comme vous le prétendez, mais à
cause de l'insupportable tyrannie du sangui-
naire duc d'Albe. Les Belges détestaient Luther, conservèrent l'union de Rome, et encore aujourd'hui ces principes religieux n'y
sont point affaiblis.

Si les Pays-Bas avaient été contigus à la
Péninsule, la révolution qui s'y opéra n'aurait pas eu lieu, parce qu'ils eussent probablement été à l'abri des exactions et des cruau-
tés de ce duc d'Albe. Des provinces déta-
chées d'une monarchie et aussi éloignées du
siége du gouvernement sont rarement bien
et équitablement administrées; elles se sé-
parèrent uniquement pour se soustraire au
joug oppresseur de leurs gouverneurs, et
avant d'en venir à cette extrémité, elles essayè-
rent plusieurs fois de faire entendre au pied
du trône leurs justes plaintes, et ce n'est que
lorsqu'elles eurent été plusieurs fois étouffées,
que la guerre contre le gouverneur commença. Luther fut entièrement étranger à

cet événement. Le mouvement des esprits
qu'il fallait, suivant vous, faire rétrograder
pour les soumettre aux projets de Philippe II,
est encore une vision; les peuples des Pays-
Bas étaient en ce temps-là encroutés de bi-
gotisme et n'avaient dans l'esprit aucune
des idées actuelles. Ainsi toutes les conséquences que vous attribuez à ce fait sont
donc chimériques, et tous les principes que
vous en voulez faire ressortir, restent sans
base.

Telles sont les causes de cette différence
dans les résultats que vous dites qu'il serait
curieux de rechercher; vous auriez certainement pu les découvrir vous-même, si vous
en aviez voulu prendre la peine.

Poursuivons la réfutation des fausses idées
que vous vous êtes mises en tête; il vous pa-
rait naturel que le peuple en possession des
mines d'or et d'argent, se crut assez riche
pour mettre de l'honneur à ne rien faire, et
vous trouvez que la nation espagnole était
portée vers le repos, comme s'y porte volon-
tiers tout homme dont la fortune est faite.

Premièrement, les mines d'or et d'argent
n'appartenaient pas en commun au peuple;

le roi d'Espagne, les vice-rois du nouveau
monde et un petit nombre de particuliers
privilégiés, jouissaient seuls de tout le produit des mines d'or et d'argent; le peuple
n'en était pas plus riche et n'était en aucune
manière appelé au partage de ces trésors. La
nation espagnole était portée vers le repos,
non parce que sa fortune était faite, mais
parce que c'est son état naturel et que cette
inclination provient, autant de l'influence
du climat, que de la nature des institutions
auxquelles elle a été si long-temps soumise.
Les Napolitains, les Romains, et généralement les Italiens, sont naturellement portés
au repos, cependant la fortune de ces peuples n'est pas faite; ils ne possèdent ni mines
d'or ni mines d'argent. Vous connaissez le fa-
meux *far niente*, il explique naturellement
cet amour du repos si cher à ces nations.
Pourquoi chercher, imaginer des causes secrètes, pour expliquer ce qui est visible
pour tout le monde, et n'a nul besoin d'explication? Un peu plus bas vous en convenez,
puisque vous dites : « sous un beau ciel que
faut-il au peuple? un peu de nourriture et
beaucoup de repos. » A quel propos donc,

ayant découvert cette vérité si simple, avez-vous pris tant de peine pour être en contra-diction avec vous-mêmes?

Vous prétendez que tout se réduit à savoir si les connaissances répandues en Espagne suffiront pour surmonter l'ancien système, qui serait aujourd'hui, suivant vous, la mort de cette nation; mais qui a pour lui des pré-jugés enracinés, et des intérêts établis sur ces préjugés (*).

Voilà une question singulièrement posée; quoiqu'il en soit, il faut répondre à votre appel.

Pour ce qui concerne les connaissances répandues en Espagne, je vous conseille de n'y pas trop compter; c'est le peuple de l'Eu-rope qui sait le moins, par suite des causes que j'ai indiquées plus haut, et qui a le plus de préjugés; ainsi, s'il faut des connaissances pour surmonter l'ancien système, vous n'avez pas trop d'espérances à concevoir. Vous as-surez que l'ancien système serait aujourd'hui la mort de cette nation; je ne sais pas trop comment les nations meurent, et je pense que vous avez seulement voulu dire que le

_____

(*) Page 19.

rétablissement de l'ancien système serait funeste : j'en tombe d'accord, je ne vous en ferai point l'éloge ; s'il eût été bon, il subsisterait encore ; s'il est tombé, c'est qu'il ne valait plus rien, c'est que c'était une machine usée, que des mains inhabiles faisaient mouvoir. On ne renverse point un gouvernement fortement et sagement constitué ; ceux-là résistent à toutes les attaques, à tous les chocs. Telle est mon opinion malgré l'affirmation de J.-J. Rousseau qu'on ne renverse que les bons gouvernemens.

Vous voyez que je procède de bonne foi, et que je ne vous contrarie que lorsque j'y suis forcé. Je conviens donc le premier que le rétablissement de l'ancien système serait funeste ; mais faites-moi la grâce de me dire ce que vous pensez du nouveau système, et si réellement vous le trouvez supérieur à l'ancien ? Je voudrais à ce sujet, savoir votre pensée tout entière ; et pour vous engager à la dévoiler, je vais vous dire sans détour la mienne. Je trouve le nouveau système plus funeste que l'ancien ; je le trouve absurde et éminemment dangereux pour le repos de l'Europe. Mais savez-vous l'histoire de cette prétendue Constitution des Cortès, et la manière dont elle a été établie primitivement? J'en doute, et je crois utile de vous l'apprendre.

C'est le marquis de Wellesley, qui eut le premier, l'idée d'engager les Espagnols, alors en lutte ouverte contre l'invasion de Napoléon, à se former une assemblée représentative. Le nom de CORTÈS lui fut appliqué, parce qu'il était connu dans le pays, et non par aucun rapport de ressemblance avec les anciens Cortès d'Espagne. Remarquez que cette assemblée fut formée à une époque où les armées françaises parcouraient dans tous les sens les différentes provinces de la Péninsule. Les trois quarts de l'Espagne ne purent, *ni élire*, *ni envoyer des députés à ces Cortès*, à cause de la présence de nos troupes. Néanmoins quelques individus réunis dans les murs de Cadix s'arrogèrent ce nom: on devait s'attendre qu'ils s'occuperaient moins de doctrines abstraites, ou de formes de gouvernement, que de mesures efficaces pour résister à l'invasion, et affranchir leur pays de la domination étrangère.

Mais leur premier acte fut de décréter la

souveraineté du peuple , et de se donner à eux-
mêmes le titre de MAJESTÉS; et pendant que
dans quelques parties du royaume, les *gué-*
rillas défendaient de leur mieux l'indépendance nationale, les Cortès ne s'occupaient
qu'à fabriquer cette soi-disant Constitution,
aujourd'hui devenue l'objet des vœux de tous
ceux qui tâchent, n'importe comment, de
renverser les gouvernemens établis. Durant
l'espace de temps qu'elle fut renfermée dans
l'île de Léon, et que le Roi fut absent, elle ne
produisit pas de grands inconvéniens, puisqu'elle n'était pas en vigueur. Les puissances
qui soutenaient les Espagnols contre la France,
n'y firent guère attention, et furent d'ailleurs
bien aises de trouver une autorité quelconque
avec laquelle elles pussent se mettre en communication. Mais lorsque cette autorité s'a-
grandit successivement par la retraite de nos
troupes et la fuite de Joseph, et que les Cortès
purent transférer leur siége à Madrid, ils furent loin de paraître obtenir l'assentiment de
la nation. Non seulement ils avaient mécon-
tenté tous ceux qui avaient pris les armes pour
défendre l'indépendance du pays, mais le
peuple partout montrait que leur autorité lui

déplaisait. D'où une semblable aggrégation
d'individus avait-elle tiré ses pouvoirs pour
ôser donner une nouvelle Constitution à la
nation espagnole? de qui avait-elle reçu cette
importante mission ? Leurs pouvoirs comme
gouvernement provisoire, n'auraient point été
mis en question, s'ils s'étaient bornés à l'admi-
nistration des affaires courantes, et même à
proposer des mesures modérées de réformes.
Mais dès qu'ils commencèrent à faire une
Constitution, que l'on connut bientôt, par les
rapporteurs qu'ils avaient choisis, comme
étant tout-à-fait démocratique, l'opposition, le
mécontentement et la désunion commencèrent à se manifester dans toute l'Espagne. Un
grand nombre d'hommes sages de toutes les
classes de la société qui auraient concouru
avec joie à des institutions modérées, furent
tout d'un coup jetés, par des mesures si vio-
lentes, dans une opposition prononcée. Les
Cortès anéantissaient réellement le pouvoir
royal par les droits qu'ils s'attribuaient; on se
rappela les sanglans débats que la Constitution
de 1791 avait occasionnés en France; et l'ouvrage des Cortès était encore entre leurs mains,
que déjà la désapprobation la plus formelle

l'avait frappé. Quand il vint à être promulgué,
la plus violente opposition se manifesta dans
tout le royaume : les refus étaient unanimes.
Les patriotes qui avaient le plus contribué à
exciter et à soutenir la résistance contre les
troupes de Napoléon, abandonnèrent la cause,
quand ils s'aperçurent que l'on agissait avec
un tel dédain du but populaire de la guerre.
Les peuples virent que de plus longs efforts ne
les conduiraient pas aux grands résultats qu'ils
s'étaient proposés en courant aux armes; qu'un
gouvernement *constitué par lui-même*, bien
que pouvant être regardé comme compétent
pour administrer provisoirement les affaires
pendant la captivité du souverain , avait fait
une Constitution entièrement opposée à l'objet
national de la guerre, et avait en quelque sorte
déposé le Roi; que, conséquemment, faire de
plus grands efforts en faveur d'un semblable
système, c'était se révolter contre le gouvernement véritable.

Toute l'Espagne tournait ses vœux vers son
Roi. Bientôt il reparut; les Cortès seuls sem-
blèrent le méconnaître. Ils s'obstinèrent à
exercer la souveraine puissance dans les murs
de leur salle, et à rendre des décrets auxquels
personne n'obéissait.

Il est important de remarquer que dans tous les actes faits dans l'intérieur, comme à l'extérieur, le nom du roi avait été constamment mis en avant : c'était manifester que sans son intervention rien n'avait été fait, accepté ni reconnu que provisoirement.

A peine fut-il public que le Roi avait dissout ces Cortès, qu'on vit le peuple se réunir avec de grandes acclamations ; et même les soldats, pour détruire la pierre sur laquelle était gravée la Constitution. Il en fut ainsi dans toutes les villes d'Espagne. Si donc un mouvement du peuple et des troupes doit être considéré comme exprimant le vœu de la nation, jamais Constitution ne fut plus nationalement détruite.

Jugez d'après ces faits dont l'exactitude ne saurait être contestée, s'il est vrai que la cause des Cortès soit nationale ? si leur Constitution, la manière dont elle a été rétablie, les mesures qu'on prend pour la soutenir, doivent être regardées comme l'expression de la volonté de la nation espagnole ?

Depuis l'ambassade de Lucien Bonaparte, il existait en Espagne un parti imbu des principes les plus exagérés de nos révolu-

tionnaires. Ce parti n'avait pas eu de peine à
dominer dans l'assemblée de Cadix. Le retour
du Roi le fit disparaître. Il s'est accru dans
le silence. Quoique augmenté en nombre,
ce parti n'est encore qu'une fraction de la nation; on sait l'histoire de son retour au pouvoir; la rébellion de quelques soldats à l'île
de Léon, les manœuvres qui furent prati-
quées alors et les fautes du gouvernement
du Roi Ferdinand, sont connues de tout le
monde. C'est là ce qu'on ose appeler un mouvement national! mais à peine la nation fut-
elle revenue du premier moment de stupeur,
qu'elle manifesta son opposition; mais depuis trois ans les Cortès n'ont pu se mainte-
nir, qu'en exerçant la plus odieuse tyrannie
sur toute l'Espagne; mais cette tyrannie ne
s'est pas exercée seulement contre ceux qui
repoussent le système, elle s'est étendue avec
la même fureur contre ceux qui paraissaient
seulement désirer quelques modifications,
contre ceux qui formaient la moindre opposition à la faction dominante, pour le moment, dans les Cortès. Tel a été et tel est en
ce moment l'état des choses en Espagne.
Croyez-vous encore que le système qui do-

mine soit national? Croyez-vous encore que
l'Espagne ait été *conquise à la liberté*
comme on l'a osé dire avec une emphase
mensongère? L'Espagne, Monsieur, est' op-
primée par une tyrannie semblable à celle
qui pesait sur la France lorsqu'elle était gou-
vernée par les comités de salut public et des
recherches.

Je poursuis l'examen de vos assertions :
Vous avancez que pour se créer un défen-
seur national dans le Roi Ferdinand, les Espagnols répudièrent leur Roi Charles, etc.(*)
Vous vous trompez encore. Quand Ferdinand fut proclamé, les troupes françaises
couvraient depuis plusieurs mois la Péninsule *comme amis*, vivaient en amis avec les
Espagnols qui ne pensaient nullement à
nous faire la guerre. Mais Napoléon ayant
pris prétexte des événemens d'Aranjuès,
qu'il n'avait pu prévoir, pour s'interposer
en qualité de médiateur, il attira Ferdinand
dans le piège. C'est seulement quand les Espagnols sûrent leur Roi prisonnier, qu'ils

---

(*) Page 20.

coururent aux armes dans l'espoir de se délivrer eux et lui.

Le massacre de Madrid du 2 mai 1808 or-
donné par Murat fit éclater l'insurrection ;
elle commença dans les Asturies dès le 25,
et bientôt s'étendit dans toute la monarchie.
La haine de Napoléon, et le besoin de se
venger des meurtres de Madrid, furent les
causes immédiates qui produisirent l'insurrection. Il est probable que tous les autres
actes iniques commis par ordre de Napoléon
n'auraient pas excité ou mis suffisamment en
action ce courage indompté qui animait le
peuple, et qui étant resté si long-temps en-
gourdi, avait demandé des stimulans plus
forts. Enflammés par la haine et par la soif de
la vengeance, les Espagnols furent soutenus
dans la cause pour laquelle ils combattaient
par l'influence de ces préjugés et de ces institutions qui avaient sur eux tout pouvoir.
Dans leur opposition, tout ce que les Espagnols avaient pour objet était *contre une
révolution* et non pas *pour une révolution.*

Les seuls motifs de la masse du peuple,
étaient l'indépendance de leur pays et le main-
tien de leur religion, de leurs institutions et de

la monarchie, toutes les publications, tous les discours au peuple, afin d'exciter sa résistance et pour le guider, montrent assez que toutes les idées populaires étaient *contre la révolution* et non *pour la révolution*.

Partout on formait des Juntes ; ces Juntes firent paraître les proclamations les plus énergiques, et partout le cri de guerre était « POUR NOTRE SAINTE RELIGION, NOTRE ROI, ET L'INDÉPENDANCE DE NOTRE PAYS. » La Junte centrale de Séville exalta encore cet esprit, en adressant au peuple une proclamation où on lisait ces mots :

« Espagnols, tout vous apppelle à vous unir et à prévenir des desseins si atroces. Il n'existe point de révolution en Espagne; notre seul objet est de défendre ce que nous regardons comme le plus sacré, contre celui qui, sous le voile d'une alliance, voulait nous ravir nos loix, notre monarque, notre religion. Espagnols, votre pays, vos propriétés, vos lois, votre liberté, votre Roi, votre religion, vos espérances dans un monde meilleur, que cette religion peut seule offrir à vous et à vos descendans, tout cela est en péril, tout cela est menacé du danger le plus grand et le plus pressant. »

Vous assurez que l'union la plus étonnante avait régné entre tous pendant l'absence du Roi, etc. (*). Vous vous trompez encore; il n'existait aucune union entre les chefs des Guérillas et les Cortès de Cadix, leur autorité était méconnue partout au-delà de l'île de Léon. Cette assemblée de Cadix, quoique vous en disiez, s'occupait d'idées métaphysiques, ses membres ne pensaient qu'à eux, et malgré le titre de *Majestés* qu'ils s'étaient attribués, ils étaient dans le mépris; les chefs de troupes régulières ou de Guérillas agissaient de leur propre mouvement où d'après les ordres des juntes provinciales, et point du tout d'après les ordres des Cortès, Je continue de vous lire, Monsieur, et pour ne pas faire un gros volume, je me vois obligé de négliger une bonne partie des erreurs dans lesquelles vous êtes tombé, afin d'avoir assez d'espace pour relever celles qui auraient des conséquences plus dangereuses.

Vous supposez la Couronne d'Espagne vacante dans toutes ses branches, l'Espagne of-

---

(*) Page 24.

frant le trône, appuyé sur la Constitution des
Cortès, aux princes de l'Europe, et vous demandez s'il ne se présenterait pas autant de
prétendans que pour la couronne de Pologne,
qui n'admettait point l'héridité, et qui ne
reconnaissait par conséquent d'autre légitimité que celle qui résultait d'une élection?
Cette question, Monsieur, est bien dangereuse
à élever dans les conjonctures présentes ; vous
connaissez par expérience tout ce que peuvent oser des démagogues furieux ! Comment
donc n'avez-vous pas reculé devant une semblable supposition? Heureusement il existe
des motifs qui empêchent votre imprudence
d'avoir des effets aussi funestes qu'il aurait
été possible de le craindre.

Les Cortès rendraient la couronne vacante
et l'offriraient à tous les princes d'Europe,
l'un après l'autre, que tous refuseraient avec
indignation; un cadet des princes de Wur-
temberg ou de Hesse n'en voudrait même
pas. Qu'est-ce qu'un trône souillé de sang?
sinon un échaffaud dressé d'avance pour le
premier ambitieux qui ose y monter. Qu'est-
ce qu'une couronne offerte par des mains
criminelles ? sinon un bandeau d'infâmie.

Vous parlez incessamment de la marche des
esprits : pensez-vous que les esprits des Princes soient restés stationnaires? Pensez-vous
que l'expérience de trente ans de révolution
soit perdue pour eux? Détrompez-vous : si,
comme il y a lieu de le croire, vous pensez
ces choses, votre erreur est complète. Les
Princes sont maintenant éclairés, le passé
sert à les guider pour l'avenir ; ils savent dis-
tinguer leurs ennemis , même ceux qui se
masquent le mieux ; ils savent qu'ils sont res-
ponsables à Dieu de la sûreté des peuples
qui leur ont été confiés par la providence ; ils
savent ce que leur propre sûreté exige ; ils
l'ont suffisamment montré à Naples et en
Piémont, en étouffant, dès leur naissance,
les deux filles aînées de la révolution d'Espagne ; ils savent que la mère doit également
être détruite, et elle le sera incessamment ;
ils savent qu'en vous écoutant, qu'en suivant
vos conseils et ceux de vos confrères, ils se
précipiteraient dans un nouvel abîme. Ils savent enfin qu'en laissant subsister la révolution d'Espagne, dans dix ans il n'y aurait
plus un seul trône légitime en Europe Croyez-
moi, Monsieur, il y a aujourd'hui un petit

nombre de vérités si bien connues qu'il ne
peut profiter à aucun parti de les nier ou de
les contester.

Est-ce sérieusement que vous comparez
l'invasion de Napoléon, avec l'intervention
dont il s'agit présentement (*)? Quel rapport
est-il possible d'établir entre les deux époques;
quelle parité de circonstances pouvez-vous y
voir? jusqu'à ce que vous vous soyiez expli-
qué, ce rapprochement sera regardé comme
une erreur de votre jugement ou de votre
conscience politique. Vos lecteurs attendent
cette explication dans l'intérêt de votre répu-
tation.

Vous assurez plus bas qu'on aura la conviction de ce que vous dites par des victoires
comme par des défaites (**). A la bonne heure,
cette manière de raisonner est à la portée de
tout le monde. Il me semble clair que cela
veut dire précisément que, quoi qu'il arrive,
vous aurez toujours raison, que d'avance
vous l'aviez prévu et annoncé. Qu'il est beau

(*) Page 29.
(**) *Ibid.*

d'avoir un génie si sublime, une pénétration
si supérieure, et qu'il eût été malheureux
pour la France et pour l'Europe que vous
eussiez continué à garder le silence! Continuez, continuez, Monsieur, à guider l'univers; je vois bien que vous avez reçu une
mission d'en haut, et que le passé, le présent
et l'avenir vous sont également dévoilés.

Mais poursuivons pour notre instruction
la lecture de votre manifeste : vous approu-
vez donc les paroles de M. Canning : « *Liberté civile et religieuse dans tout l'univers.* » Et nous aussi, nous adoptons ce principe; ainsi il semblerait, Monsieur, que nos
opinions devraient être les mêmes. Comment
donc se fait-il qu'elles soient si opposées?

Liberté civile et religieuse dans tout l'univers ! Puisse l'heureux jour où cette belle
maxime doit être mise en pratique, n'être pas
aussi éloigné que je le crains. Je connais assez
les principes politiques de l'honorable M. Canning, pour ne faire aucun doute que tel est
son vœu, mais ce vœu est-il aussi celui de tous
les membres du gouvernement anglais? S'il
est vrai; qui s'oppose à l'émancipation des
catholiques dans l'empire britannique? Pour-

quoi cette émancipation est-elle éludée sans cesse sous des prétextes vains et arbitraires? Pourquoi les Irlandais catholiques, sont-ils traités comme de véritables ilotes ? Daignez répondre à ces questions.

Mais rentrons dans notre sujet principal; c'est parce que je souhaite que la liberté civile et religieuse règne dans tout l'univers, que j'approuve comme nécessaire, comme indispensable la destruction du gouvernement des Cortès; parce que ce gouvernement n'est point un gouvernement libéral, qu'il usurpe ce beau titre, que c'est un gouvernement despotique, créé au profit de la fraction corrompue de la nation, et qui montre dans ses actes, depuis trois ans, l'intention constante d'opprimer et de dépouiller la masse des citoyens paisibles et tout ce que l'Espagne renferme d'hommes dignes de l'estime des autres nations. Oui, je hais les tyrans, bourgeois ou nobles. Je hais l'oppression et les oppresseurs des peuples, sous quelques noms qu'ils se déguisent. Les faits, les faits, M. Fiévée, sont là pour justifier mon opinion. Si vous chérissez réellement la liberté civile et religieuse, vous devez souhaiter la destruction

des cortès, et non publier des manifestes en
leur faveur. Je ne vous parlerai pas de la nécessité d'être conséquent; mais je vous parlerai de la nécessité, quand on veut être écouté
et influer sur l'opinion, de persuader au
moins le lecteur qu'on écrit avec bonne foi.

Inquisition et pouvoir absolu: vous prétendez que tel est le but des partisans de la
guerre en France. Quelle niaiserie débitez-
vous là? comment pouvez-vous, sans quelque
honte, vous parer d'une sottise usée, dont le
Constitutionnel et tous les subalternes du
parti ont vécu depuis plus d'un an? L'âge au-
rait-il déjà affaibli les ressources de votre
imagination?

Je vous le répète, je suis de ceux qui veulent la guerre, parce que la sûreté et le
repos futur de la France l'exigent; cependant je suis aussi de ceux qui *veulent liberté
civile et religieuse dans tout l'univers*, et je
ne connais personne en France, ayant de l'influence, qui ait en vue le rétablissement de
l'inquisition et du pouvoir absolu. L'inquisition ne peut plus être rétablie, vous le savez
fort bien, pas plus qu'on ne peut recommencer 93 : les ministres, il faut leur rendre cette

justice, n'ont cessé de proclamer avec fran-
chise: «*nous ne faisons point une guerre de
doctrines ; nous ne faisons point la guerre
à des institutions, mais nous prétendons
nous défendre contre des institutions qui
nous font la guerre.* » Mais peut-être est-ce
cette prétention de se défendre, qui vous
blesse si fort ?

Quant au droit d'intervention, ce n'est pas
une question nouvelle, elle a été débattue
depuis long-temps ; elle le sera encore long-
temps, sans qu'il en résulte un rapprochement d'opinion ; s'il était possible d'y parvenir, ce ne serait qu'en posant différemment
la question, et surtout en la limitant.

Lorsqu'un cas d'intervention se présente,
il faut dire : la guerre est-elle juste ? en la sup-
posant juste, peut-elle être évitée sans danger ? Ces questions ont déjà été résolues plusieurs fois ; tout ce qui précède les résout de
nouveau affirmativement ; et pour faire un
résumé de toutes les solutions données, il
faut répéter ce qui a déjà été dit : la guerre est
juste, et ne peut être évitée sans danger,
*toutes les fois que la sûreté immédiate et les
intérêts essentiels d'un gouvernement sont*

compromis. Or, il a été longuement et suffisamment prouvé que nous sommes précisément dans ce cas. Si les preuves fournies jusqu'à ce jour ne vous suffisent point, Monsieur, détruisez-les par d'autres preuves, si vous pouvez parvenir à vous en procurer, mais n'oubliez point :

1° Que notre territoire a été violé plusieurs fois.

2° Que plusieurs de nos vaisseaux marchands ont été pillés.

3° Que par des provocations publiques, souvent réitérées, on a cherché à porter nos soldats à la révolte.

4° Que des conspirateurs condamnés comme tels, sont ouvertement employés à l'armée des cortès, et des Français traîtres à leur patrie, sont accueillis et chargés de propager la trahison en France.

Vous demandez si M. de Montmorency pouvait avoir la certitude que les puissances, présentes au congrès, voudraient courir les chances d'une guerre générale, qui remettrait en balance des événemens qui ne paraissent décidés qu'autant qu'il n'y a plus nulle part en Europe, un point sur lequel puisse s'appuyer une nouvelle discussion? M. de Montmorency avait une certitude préférable, et bien supérieure à celle que vous demandez. Il avait la certitude que les souverains ne voulaient plus de guerre, qu'ainsi, il n'y avait rien à remettre en question de ce qui était décidé; que ce qu'ils voulaient tous unanimement, c'était la destruction de la révolution d'Espagne, afin que l'Europe pût avoir des gages assurés de repos et de prospérité. Ce que je viens de dire répond au *hardi projet* que 'vous supposez à ceux que vous appelez la France de dehors, d'entraîner l'Europe loin du système pacifique (*). Ce *hardi projet* est à mettre à côté de celui que vous avez supposé à Philippe II; ils n'ont pas plus existé l'un que l'autre; vous prétendez que ce parti, dont vous parlez, espère que si la guerre éclate, il n'y aura pas *de neutres*. Il y aura au contraire beaucoup de neutres, car la France, quoique vous en pensiez, est bien assez forte pour réduire seule les cortès et délivrer la nation espagnole.

Le plus *hardi projet* en tout ceci, est celui que vous avez formé et exécuté, en publiant

_____

(*) Page 41.

vos extravagantes hypothèses d'un ton si sé-
rieux. Je vous le dis sans intention de vous
flatter : en poursuivant la lecture de cet écrit,
je cesse de croire qu'il vous appartienne réellement; je crois, jusqu'à ce que vous réclamiez,
qu'on a abusé de votre nom. Si réellement
c'est bien vous, M. J. Fiévée, qui êtes auteur
de cette brochure, permettez-moi de vous
prier de vous ressouvenir de ce que Gil-Blas
disait à l'archevêque de Tolède, au sujet de
ses homélies.

Vous sentez, après cet aveu, qu'il doit
me paraître bien fastidieux de continuer;
mais il faut remplir une tâche qu'on s'est
imposée.

Les paroles de l'empereur Alexandre sont
aussi pour vous matière à critique; alors il
fallait les rapporter telles que M. de Châ-
teaubriant les a citées; et ne pas isoler une
pensée, pour vous donner le plaisir de faire
une longue dissertation qui ne s'applique pas
à ce qui a été dit. Voici ces paroles, qu'il est
nécessaire, important même, de rétablir
pour que d'autres pamphlétaires, en suivant
vos traces, n'en fassent pas de nouveau un
texte de calomnies.

« Auriez-vous cru, commé le disent nos
ennemis, que l'alliance est un mot qui ne
sert qu'à couvrir des ambitions? Cela peut-
être eût été vrai dans l'ancien état de choses;
mais il s'agit bien aujourd'hui de quelques
intérêts particuliers, quand le monde civi-
lisé est en péril.

» Il ne peut plus y avoir de politique an-
glaise, française, russe, prussienne, autri-
chienne, il n'y a plus qu'une politique générale, qui doit pour le salut de tous, être-ad-
mise en commun par les peuples et par les
rois. C'est à moi à me montrer le premier
convaincu des principes sur lesquels j'ai
fondé l'alliance. Une occasion s'est présentée,
le soulèvement de la Grèce : rien sans doute
ne paraissait être plus dans mes intérêts,
dans ceux de mes peuples, dans l'opinion de
mon pays, qu'une guerre religieuse contre
la Turquie; mais j'ai cru remarquer dans les
troubles des Péloponnèse, le signe révolution-
naire. Dès lors je me suis abstenu.

« Que n'a-t-on point fait pour rompre l'alliance? on a cherché tour-à-tour à me donner des préventions ou à blesser mon amour-
propre; on m'a outragé ouvertement; on me

connaissait bien mal, si on a cru que mes
principes ne tenaient qu'à des vanités, ou
pouvaient céder à des ressentimens. Non, je
ne me séparerai jamais des monarques auxquels je suis uni : Il doit être permis aux rois
d'avoir des alliances publiques pour se défendre contre les sociétés secrètes. Q'est-ce qui
pourait me tenter? Qu'ai-je besoin d'accroître
mon empire? La providence n'a pas mis à
mes ordres 800,000 soldats pour satisfaire
mon ambition, mais pour protéger la religion, la morale et la justice, et pour faire régner ces principes d'ordre sur lesquels repose
la société humaine. »

Telles sont, Monsieur, les admirables paroles que vous osez tronquer, afin d'y trouver
de spécieux prétextes pour exercer votre critique.

Ces paroles sont au-dessus de toute atteinte,
de toute interprétation perfide, de votre part
comme de celle de tous les écrivains mercenaires ou révolutionnaires. Elle passeront à
la postérité; car l'histoire les recueillera, et
elles placeront un jour dans la mémoire des
hommes, le puissant souverain qui les a prononcées, au premier rang des bienfaiteurs

de l'humanité. Relisez, Monsieur, et méditez ces paroles sublimes, alors vous regretterez et serez humilié d'avoir essayé d'en dénaturer le sens si clair, si précis, si positif. « LA PROVIDENCE N'A PAS MIS A MES ORDRES 800,000 SOLDATS POUR SATISFAIRE MON AMBITION, MAIS POUR PROTÉGER LA RELIGION, LA MORALE ET LA JUSTICE, ET POUR FAIRE RÉGNER CES PRINCIPES D'ORDRE SUR LESQUELS REPOSE LA SOCIÉTÉ HUMAINE.

Les anciens élevèrent des autels aux Titus, aux Antonins; avaient-ils de plus grandes vertus? avaient-ils un amour plus éclairé et plus sublime de l'humanité? Je le demande à tous ceux qui ont du jugement et de la bonne foi? si ce que vous appelez les progrès de la civilisation et des lumières, la marche du siècle et des esprits, porte à méconnaître la vérité, à refuser de rendre hommage à la vertu, parce qu'elle porte une couronne, je croirai que les progrès de la civilisation dont vous parlez, sont les progrès de la corruption; que les lumières que vous vantez sont fausses; que la marche du siècle et des esprits est dirigée vers le mal. Mais heureusement le monde juge avec

plus d'équité ; les hommes dont l'esprit de
parti, et là passion pour l'argent obscurcissent
le jugement, ne sont pas ceux qui forment
l'opinion ; ce qui est grand touche encore les
hommes ; et les marques d'une vertu supérieure attirent toujours leurs respects et leur
admiration.

Vous pensez que les motifs avoués de guerre
et que vous réduisez à deux, méritent d'être
examinés avec attention :

1° L'intérêt du commerce, considéré seulement dans nos départemens voisins des
Pyrénées ;

2° La crainte que l'esprit d'innovation qui
agite l'Espagne, ne réagisse sur la France,
et ne réveille des passions qui ont été si fa-
tales; c'est ce qu'on appele *contagion morale.*

Je vous suivrai, Monsieur, dans l'examen
de ces deux questions, telles qu'il vous a plu
de les poser.

Vous convenez qu'il est certain que la
guerre civile existe en Espagne, que son principal théâtre se rapproche de nos frontières,
et que la guerre civile nuisant à la consom-
mation, menaçant toutes les propriétés, fai-

sant disparaître la sûreté des communications, n'a jamais été favorable au commerce. Mais vous prétendez qu'il appartient à nos jours de chercher dans une guerre réglée entre deux nations voisines, les moyens de rétablir des transactions commerciales troublées par l'effet inévitable de la guerre civile. Vous oubliez, Monsieur, volontairement sans doute, que l'Angleterre a fréquemment entrepris la guerre pour des motifs de commerce; que des intérêts de commerce ont souvent rompu des alliances; et que dans les traités, ce sont les points qui font naître les difficultés les plus difficiles à surmonter; tels que les états modernes sont constitués, le commerce étant une source de richesse, et la richesse formant la puissance des nations, il est naturel qu'on attache une grande importance à ne pas souffrir qu'il soit ruiné. Mais les intérêts commerciaux de nos départemens voisins des Pyrénées, ne sont pas les seuls lésés comme vous le dites; la Bretagne en souffre; les fabriques de Lyon, celles du département de la Loire, de Nîmes, etc., ont vu fermer leurs plus grands débouchés.

Il n'y a donc rien de choquant dans ce mo-

tif d'hostilités, qu'il vous plaît mal-à-propos
d'appeler un prétexte ; certes, si des intérêts
aussi positifs étaient négligés, vous ne man-
queriez pas de blâmer amèrement une admi-
nistration qui se rendrait coupable d'une si
grande faute, et alors vous auriez raison.

Oui, la France ne fera pas la guerre à l'Espagne, mais *seulement au parti des cortès* ;
parti qu'on a eu raison de déclarer faible,
parce qu'il est faible et bien faible, puisque
depuis plusieurs mois, un aventurier étranger nommé Bessiere, qui est venu l'attaquer
jusqu'aux portes de Madrid, non-seulement
n'a point encore été détruit, mais a inspiré
des terreurs si fortes aux cortès, qu'on a en-
voyé contre lui jusqu'aux commis des ministères, dont on a formé des bataillons ; vous
conviendrez qu'il faut qu'un parti soit bien
isolé des intérêts nationaux, pour être réduit
à une si grande extrémité, quand il a le pouvoir en main et qu'il emploie jusqu'aux
moyens de terreur.

' Vous assurez que l'Espagne entière sera
bientôt forcée de participer au double mouvement qu'elle va éprouver, et que la main,
qui ostensiblement ou secrètement, dirigera

le système défensif des cortès, serait bien
maladroite, si elle ne parvenait pas à rendre
la guerre nationale; vous-même, Monsieur,
et vous ne passez pas pour maladroit, seriez
chargé d'atteindre ce but, que vous n'y par-
viendriez pas. La majorité de la nation n'est
pas encore liée à la révolution, non parce
qu'elle ne la comprend pas, ainsi que vous
le dites, mais au contraire elle la repousse
parce qu'elle la comprend fort bien; elle la
repousse malgré les mesures tyranniques du
parti qui possède le pouvoir. Comment donc
les cortès, qui n'ont pu réussir depuis trois
ans à compromettre la nation dans leurs que-
relles, trouveraient-ils le moyen d'y parvenir
subitement? Comment un étranger comme
Bessiere, serait-il parvenu à se faire une pe-
tite armée capable de résister à toutes les for-
ces des Cortès, s'il avait été possible de faire
participer l'Espagne à cette cause? Et ce qu'il
y aurait de plus difficile au monde ne serait
pas, comme vous le prétendez, d'empêcher
la guerre de devenir nationale, mais bien de
parvenir à lui donner ce caractère.

L'opinion n'a pas en Espagne la même mo-
bilité qu'en d'autres pays ; elle ne se fait pas

en quelques jours, ni même en quelques années. A la manière dont l'œuvre des cortès de cadix fut reçue par toute l'Espagne, lorsqu'elle fut promulguée, il fut aisé de voir
qu'elle était contraire à l'esprit public. C'est
un fait que dans un grand nombre de cités,
dans tous les villages et universellement parmi le peuple, comme parmi les paysans
dans l'intérieur des campagnes, elle fut reçue avec déplaisir, avec dégoût; et dans beaucoup d'endroits avec horreur. Ce sont des faits
dont je vous ai déja administré les preuves.

J'ai plaisir à vous voir rendre justice à
notre armée et à l'illustre chef que le roi a
choisi pour la commander; j'en ai moins à
vous voir mettre sur le tapis encore un *hardi projet*. Cependant il faut vous rendre justice, celui-là du moins n'est pas de votre in-
vention, il y a déjà long-temps qu'on nous en
parle.

Sérieusement vous craignez « que les Espa-
» gnols, combattant pour l'indépendance de
» leur territoire, aient le *projet hardi* de vio-
» ler le nôtre, non pour avancer vers le centre,
» non pour nous donner des conseils politiques, mais pour porter le fer, le feu, tous

» les ravages d'une horde barbare dans nos
» possessions ouvertes. » Si vous avec cette
crainte, Monsieur, bannissez-là et rassurez-
vous: les Espagnols n'auront point à com-
battre pour l'indépendence de leur territoire :
Napoléon est mort et avec lui son système
d'envahissement; aucun souverain de l'Europe ne songe à faire des conquêtes, et le roi
de France n'en veut à l'indépendance de personne. C'est calomnier l'auguste auteur de
la charte, que de le supposer; et c'est faire
gratuitement et sans motif, une supposition
odieuse. Les cortès et leurs partisans auront
trop d'affaires en Espagne pour avoir le temps
de mettre à exécution un si *hardi projet*;
mais s'ils avaient l'intention sérieuse d'exécu-
ter ce projet, le plus fou qui jamais ait été
conçu, ils trouveraient devant eux l'armée
de réserve, qui suffirait bien pour les battre;
mais, crainte qu'il n'en échappât un seul, la
seconde ligne de l'armée d'invasion n'aurait
que quelques journées de marche rétrograde
à faire, pour les prendre entre deux feux,
leur boucher les passages des Pyrennées, et
les détruire jusqu'au dernier ou les forcer à
mettre bas les armes et à se rendre à discré-

tion. Vous citez mal-à-propos l'exemple de
l'expédition du Palatinat ; les deux théâtres
ne se ressemblent point, ce temps là et le
temps présent ne se ressemblent point, et l'hé-
roïque Mina n'est pas un Turenne.

Vous voilà encore revenu à votre idée fa-
vorite, que la guerre sera nationale, et que
les cortès nous ont entendu avouer que Napoléon n'a succombé que parce qu'il avait
contre lui l'Espagne entière. Je ne sais si cet
aveu a été fait en France; s'il l'a été, ce ne peut
être que par des personnes aussi mal instruites
que vous, de ce qui a eu lieu à cette époque.
La guerre *était nationale contre Napoléon*,
contre *la révolution; et non pour une révolution;* contre celui qui voulait ravir aux
Espagnols leurs lois, leur monarque et leur
religion. Et cependant si les Anglais n'avaient
pas aussi puissamment secouru les Espagnols,
l'Espagne était conquise. L'Espagne était encore conquise malgré toute la puissance an-
glaise, si Napoléon n'eût pas entrepris l'expédition de Russie; l'issue de cette expédition est
la seule et véritable cause qui a amené la dé-
livrance de l'Espagne. Les cortès que vous
vantez tant aujourd'hui, étaient parvenus à

se faire haïr et mépriser de tout ce qui avait
pris les armes, et à éteindre toute l'énergie
que la nation avait d'abord montrée.

L'extrait suivant des adresses des juntes
provinciales, vous sera une nouvelle preuve.

« Une fatale expérience nous fait sentir,
» plus profondément que jamais, la perte de
» notre chef; la faiblesse du corps et la des-
» truction du centre d'union. Au lieu d'une ré-
» gence compétente, représentant la personne
» et la souveraineté du roi, et communiquant
» le mouvement et l'activité autour d'elle, il
» *s'est créé un gouvernement de confusion,*
» *d'apathie, de contradiction et de désordre;*
» un corps sans tête, des membres, et point
» de corps, des parties sans un tout ; tout cela
» sans principes, sans harmonie, sans centre
» et sans union; un assemblage d'individus in-
» dépendans, animés de différens intérêts, et
» enflammés par diverses passions politiques.
» C'est de ces élémens discordans, que décou-
» lent les crimes que nous abhorrons : la tra-
» hison envers notre Dieu, envers notre roi et
» envers nos lois; envers Dieu, parce que notre
» religion est menacée d'être détruite; envers
» le roi, parce que la constitution politique-

» ment parlant, le dépose, et qu'elle le dé-
» pouille de toute autorité souveraine; envers
» la nation, parce qu'elle détruit les lois fon-
» damentales *et met en révolution la monar-*
» *chie, que nous avons juré de défendre.*

» *Oui, la volonté nationale est mécon-*
» *nue,* on se révolte contre elle, puisqu'elle a
» été manifestée, mille fois, de la manière la
» plus solennelle, parmi les élans de l'enthou-
» siasme et parmi nos sermens de conserver
» notre monarchie et nos lois. Cette alliance,
» cette ferveur d'union qui semblait nous être
» inspirée par le ciel même, *les députés fac-*
» *tieux viennent de la détruire.* Ils ont mis
» en pièces les lois, la souveraineté et la reli-
» gion. Ils nous ont *armés les uns contre les*
» *autres* (1812); *ils ont glacé le zèle des*
» *défenseurs de nos droits,* ils ont ruiné ce
» boulevard jusqu'alors inexpugnable pour les
» Français, parce qu'il était fondé *sur l'union*
« *de nos sentimens;* et ils ont *détruit l'o-*
» *bligation de persévérer dans la lutte, en*
» *abandonnant les travaux que le peuple*
» *avait juré d'achever,* etc., etc.

Faites-nous le plaisir, Monsieur, de détruire
l'autorité de ces documens.

Il est réel que le parti des cortès a le pouvoir, mais il n'est pas à craindre qu'il en use jusqu'à établir ce que vous appelez ingénieusement l'*unité* parmi les siens, (pour éviter de dire que vous lui conseillez d'appeler les moyens de terreur à son secours); s'il l'avait pu, ce serait une chose faite, et non à faire; la terreur n'a pas, comme chez nous, produit cet effet, parce que l'Espagne ne ressemble pas à la France; il y a dans ce pays là de l'espace pour fuir la présence d'un pouvoir odieux et tyrannique; en France cette ressource manquait, et d'ailleurs la terreur n'agit pas de la même manière sur deux peuples de caractères opposés.

Enfin, après avoir encore une fois fait intervenir le système politique qu'il vous a plu de prêter à Philippe II, vous concluez qu'il est temps de laisser les petits intérêts marchands et locaux (dont vous n'avez pas dit un mot), pour aborder franchement la question de haute politique renfermée dans la nécessité de repousser la contagion morale. Je vais encore vous suivre sur ce terrain, et si vous vous écartez de la question que vous avez vous-même posée, je m'efforcerai de vous y ramener.

La première fois que j'ai entendu dire qu'il fallait s'armer pour renverser la constitution des cortès, parce qu'elle pouvait être contagieuse pour la France, je me suis demandé si nous vivions sous un pouvoir absolu et tyrannique (*); si, etc.

Serait-il possible que vous vous fussiez fait cette question ? s'il était vrai, il faudrait croire que vous connaissez bien mal l'état actuel des partis en France, ou que vous avez quelque intérêt à essayer de donner aux idées une fausse direction.

Non, Monsieur, nous ne vivons point en France sous un gouvernement absolu et tyrannique, nous vivons sous un gouvernement constitutionel, vous le savez bien; mais nous avons eu une révolution qui a duré trente ans; mais, vous le savez aussi bien que qui que ce soit, cette révolution a enfanté différens partis. Il reste encore quelques partisans secrets de la république, qui rêvent le renversement de la monarchie; ils crient fort haut contre toute espèce de pouvoir, sans doute pour se dédommager du silence qu'ils ont gardé sous l'em-

---

(*) Page 57.

pire ; ce parti voudrait recommencer la révolution. Il y a un autre parti plus nombreux , ce sont les impériaux : ce parti, à
quel prix que ce soit, veut renverser la dinastie, non par amour de la liberté , il s'in-
quiète peu du sort futur de la France , tout
lui est bon, hors la légitimité. Ce parti est
composé des serviles de l'empire ; ceux qui se
sont établis les chefs de ce parti, qui usurpe
le beau titre de libéral , étaient tous de vils
esclaves il y a dix ans, tous agens ou instru-
mens de despotisme. Celui qui a consacré sa
vie au service d'un tyran , lors-même que ce
tyran aurait été un homme doué de grandes
qualités, ne peut jamais aimer sincèrement
la liberté : quand la patrie est asservie , celui
qui regrette la perte de la liberté , gémit ,
il ne présente pas ses mains aux chaînes ,
et ne rive pas lui-même les fers de ses
concitoyens. Voyez qui sont ceux qui osent
aujourd'hui se dire libéraux ? voyez ce qu'ils
ont fait durant la tyrannie impériale ? ne
voyez-vous point encore à leur cou les marques du collier d'esclave ? croyez-vous que
ces hommes soient changés ? point du tout ,
ils n'ont changé que de langage, et ils n'ont

changé de langage que pour atteindre leur
but, qui est le renversement de la dinastie.
Pour y parvenir, tous les moyens sont bons
et légitimes à leurs yeux. Ce renversement
opéré, ils ne savent pas ce que la patrie de-
viendrait; mais ce n'est pas le point capital
pour eux : le seul point capital est l'expulsion
des Bourbons ; après ils appeleraient un
étranger s'ils pouvaient, ou ils se réuniraient
à la faction démocratique, pour recommencer une république : voilà dans quel but ils
protègent la révolution d'Espagne. La constitution des cortès, comme vous l'avez fort
bien remarqué, n'est applicable qu'à un
peuple qui entre en révolution. C'est précisément pour ce motif, qu'elle est l'objet de
toute la tendresse des hommes qui veulent
recommencer une révolution en France; ils
savent que la durée de ce système amènerait
la chute des Bourbons d'Espagne, et ils es-
pèrent qu'un contre-coup renverserait ceux
de France. Il n'y a point de ligue des gouvernemens absolus contre la liberté des peuples, mais il y a une ligue des factions démocratiques de tous les peuples, contre le
système monarchique.

· Ces vérités sont tellement avérées, qu'il
n'est permis qu'aux hommes de parti de les
nier : c'est ce qui empêchera l'Angleterre
d'intervenir pour la défense des cortès ; ce
parti serait trop dangereux pour elle, et son
gouvernement a trop d'expérience, et des
principes trop fermes, pour s'y laisser entraîner. Dans la dernière guerre, la Grande-
Bretagne s'allia avec les Espagnols, pour s'opposer à la conquête de leur pays par les
troupes de Napoléon. La constitution n'existait pas quand cette ligue fut formée : on s'en
occupa très-peu tant que la guerre dura. Le
gouvernement anglais la désapprouvait entièrement ; cette question n'était pas de première importance durant la grande lutte qui
était alors engagée, c'est autre chose maintenant : la constitution des cortès, à cause
de son caractère parfaitement manifeste, est
devenue l'unique objet de la guerre. On doit
donc voir évidemment que l'Angleterre évi-
tera le danger de se compromettre pour soutenir un tel système, puisqu'il serait notoiré
qu'elle se trouverait alors jouer le premier
rôle dans une guerre jacobine ; et l'Angleterre a aussi ses jacobins sous le nom de ra-

dicaux, elle sait ce qu'ils vallent et ce qu'ils veulent. Outre cette raison, qui seule suffirait pour arrêter l'Angleterre, il y en a encore plusieurs autres d'un très-grand poids pour elle.

La guerre ayant lieu entre les cortès et la France pour le renversement du système, la France et les puissances ses alliées n'hésiteraient pas, si la lutte n'était pas promptement terminée, à reconnaître l'indépendance des nouveaux états d'Amérique. Les derniers décrets des cortès, qui défendent le commerce avec les nations qui ne sont pas leurs amies, ne feraient qu'accélérer cette reconnaissance. L'Angleterre, au contraire, observant une stricte neutralité, retirera de grands avantages pour son commerce, parce que des nations maritimes et commerçantes en retirent toujours de leur neutralité dans les guerres des autres. Les États-Unis doivent une grande partie de leur prospérité actuelle à l'état de neutralité qu'ils ont conservé durant les vingt-quatre années de guerre qui ont déchiré l'Europe. Les nations neutres n'ont point à redouter les prohibitions de l'un ni de l'autre parti, et elles deviennent les facteurs de tous. Mais si l'Angle-

terre entrait en guerre avec la France et ses
alliés, pour soutenir en principe les jacobins
ou descamisados Espagnols, qui persistent
à prétendre la souveraineté sur ce que leur
constitution appelle les *parties intégrales* de
l'Espagne, et dont ils s'engagent par un arti-
cle spécial à ne rien abandonner, alors certainement les souverains alliés jeteraient l'Angleterre dans une guerre avec ses nouveaux gouvernemens d'Amérique.

Ainsi le gouvernement de l'Angleterre est
trop sage pour suivre votre conseil, en se mettant à la tête de ce que vous appelez impropre-
ment l'alliance des peuples, et qui ne serait,
comme nous l'avons démontré, que l'alliance
des jacobins, des descamisados et des radicaux,
contre l'alliance des rois, mise, suivant vous,
sous la protection de la Russie. Le gouvernement anglais est trop sage pour mettre de
côté les intérêts de son commerce, s'attirer
sur les bras une guerre avec l'Europe entière,
dont le premier effet serait de provoquer le
rétablissement du système continental, et de
mettre ainsi dans un éminent péril son exis-
tence; l'Angleterre observera donc une stricte
neutralité, parce que l'honneur, la raison

et ses intérêts les plus chers l'y obligent.

Les vérités que je viens de développer sont d'une telle évidence, que je pourrais me dispenser de vous suivre plus loin dans vos raisonnemens; mais puisque vous revenez sans cesse sur les mêmes sujets, que vous abandonnez et que vous reprenez les questions, sans ordre ni méthode, je suis contraint de me conformer à cette nouvelle et inusitée manière.

Vous avouez *que la constitution des cortès a des défauts qui frappent, et vous ajoutez positivement, parce qu'elle a été faite pour des besoins et dans des circonstances qui ne sont plus les mêmes* (*)

Oui, sans doute, elle a des défauts qui frappent; ce qui ne prouve pas que la constitution ait été faite dans les temps, pour des besoins existans; mais c'est une preuve que si les cortès étaient raisonnables, ils la modifieraient suivant les besoins et les circonstances actuelles, et c'est ce qu'ils refusent de faire avec obstination.

Si les cortès, pour se soustraire à la force

(*) Page 58.

persuasive de cet argument, se retranchent
dans la défense qu'ils se sont préparée, en
disant dans leur constitution, qu'elle ne
pourra subir aucun changement, il faut leur
répondre : ce moyen de défense n'existe plus
aujourd'hui ; il a été détruit par des événemens sur lesquels il est hors de tout pouvoir
de revenir. Comment vouloir soutenir l'inté-
grité d'un système qui prétend à la domination sur de vastes états, indépendans depuis
longtemps, et par lequel on voudrait prétendre ne pas abandonner des possessions que
l'on n'a pu ni conserver ni recouvrer? Cette
tyrannie serait bien plus odieuse que celle
dont on feint d'être menacé, ou même que
la plus forte que l'on pourrait redouter. Cette
constitution n'a jamais été adaptée à la situa-
tion de la monarchie Espagnole, je vous l'ai
prouvé fort clairement par des faits et des
documens officiels ; et elle est maintenant
tout-à-fait hors de rapport avec la marche
irrésistible et naturelle des affaires humaines.
Les colonies sont parvenues à l'âge viril, et
les hommes qui gouvernent les cortès doivent être regardés comme tombés dans celui
où l'on perd la raison, s'ils persistent à vou-

loir retenir la souveraineté de l'Amérique.
L'Espagne doit donc se soumettre à une sé-
paration qu'il est hors de son pouvoir d'empêcher. Par cette raison seule, la constitution
est déjà inexécutable. Les Florides ne sont-
elles pas cédées? La loi de ne faire aucun changement à ce code, ne peut donc plus être
regardée comme inévitable; et puisque les
cortès ont été dans la nécessité absolue de se
conformer aux événemens qui ont eu lieu,
ils doivent, sous peine de folie, aller plus
loin, et donner à leur constitution une forme
que réclame la tranquillité de l'Espagne, sa
prospérité, et les intérêts de l'Europe entière.
Si les cortès ne veulent pas écouter des pro-
positions si raisonnables, on peut les accuser
de s'obstiner follement, méchamment et
sans utilité, dans un système que repousse
la raison. Et vous, qui soutenez, défendez ce
que vous reconnaissez être funeste, que vou-
lez-vous que l'on pense de vos intentions?

Il y a, Monsieur, dans notre langue des
idées qui ne peuvent ni s'adoucir, ni s'exprimer par une périphrase; ainsi, quand vous
dites *que c'est le commencement d'un combat général entre le système du pouvoir*

absolu et le système des libertés nationales,
idée trop hautement avouée par un parti
imprudent, (*) on ne peut que vous répondre, que vous dites deux mensonges perfides. Quel est le parti qui a fait cet aveu, et
montrez les preuves que vous en avez? Il
faut avoir en main des preuves bien fortes,
quand on se permet de parler ainsi; et où les
auriez-vous puisées ces preuves que personne
ne connaîtrait? Il est patent qu'il ne s'agit
point de faire la guerre au système des libertés nationales; mais de détruire le danger
qui existe et se présente sous la forme hi-
deuse des révolutionnaires *descamisados*,
reversant en France des idées démagogiques,
qu'il ne s'agit encore que de s'opposer à la ligue des factions démocratiques des deux
pays contre le système monarchique.

Encore une perfidie : « *L'intervention*
armée contre des opinions politiques ex-
cite d'autant plus d'appréhension, qu'il
est impossible de croire qu'elle fera triom-
pher en Espagne un parti modéré qui n'y
existe pas, (quoique vous ayez vous-même

(*) **Page** 60.

reconnu qu'il en existait un nombreux).
Dès-lors il est permis de redouter qu'elle
ne tourne, BIEN INVOLONTAIREMENT, *au pro-*
fit du pouvoir absolu considéré comme sys-
tème général. A l'idée d'un avenir aussi
épouvantable, il n'y a plus d'esprits neu-
tres; quelque chose de plus sinistre que ce
qu'on appelle contagion morale, apparaît
dans un sombre nuage; on sent que la révo-
lution pourrait renaître en France, cher-
chant un point d'appui au dehors, et assez
malheureuse pour le rencontrer en Espa-
gne, et peut-être encore autre part (*).

Quelles accumulations de phrases ridicu-
les, incohérentes, extravagantes!

Vous avez dit, à la page qui précède, qu'il
s'agissait d'un combat, hautement avoué,
entre le système du pouvoir absolu et celui
des libertés nationales; et vous reconnaissez,
sans y songer sans doute, que *si* l'intervention tournait au profit du pouvoir absolu, ce
serait bien involontairement. Est-il d'un esprit bien sain, de tomber dans des contradictions aussi tranchantes?

(*) Page 61.

. D'un ton affirmatif, vous dites qu'il n'existe *pas de parti* modéré en Espagne, et (pages 45, 46 et 47) vous en avez parlé fort au long. Vous avez dit que ce parti (page 46) EST PARTOUT LA MASSE DES NATIONS , MASSE SUR LAQUELLE REPOSE EN TOUS PAYS LA TRANQUILLITÉ PUBLIQUE DANS LES TEMPS ORDINAIRES. Est-il d'un esprit bien sain de tomber dans des contradictions aussi tranchantes? Que reste-t-il donc d'épouvantable, de sinistre à craindre? Rien, à moins que ce ne soit le sombre nuage qui vous apparaît et qui trouble votre entendement.

Je tourne le feuillet, et je suis encore arrêté par une contradiction; mais celle-là, je vous la passe; je vous en félicite même, puisqu'elle annonce que vous avez encore quelques momens lucides. *Qui accuse les souverains ? Personne*, dites-vous (*), (cependant vous les avez vingt fois accusés dans le cours de votre écrit). *Les événemens les ont transportés sur tous les points de l'Europe; partout on les a vus, on a communiqué familièrement avec eux; on sait qu'ils*

---

(1) Page 62.

*ont les lumières de leur siècle, et qu'ils
n'en ont pas les vices.* Comment cet aveu,
arraché par une forte conviction, ne vous a-t-
il point fait sentir le ridicule et le mépris
dont vous vous couvriez, en mettant à découvert tant de mauvaise foi? Comment, re-
connaissant que les souverains qui forment
la sainte alliance, ont toutes les lumières et
les vertus nécessaires, sans les vices, comment pouvez-vous élever contre eux les soup-
çons les plus odieux? comment pouvez-vous
provoquer à tout propos ce que vous appelez l'alliance des peuples contre les rois?
comme si les souverains, qui ont contracté
l'alliance, étaient tous des tyrans cruels, oc-
cupés seulement à opprimer leurs peuples;
sur quoi donc se fondent vos terreurs de *l'é-
pouvantable et sinistre avenir qui vous
est apparu dans un sombre nuage,* puisque vous reconnaissez que les souverains
possèdent toutes les vertus et les lumières
nécessaires pour gouverner les peuples et
faire leur bonheur. Je crois, Monsieur, que
vous ferez bien de n'avoir plus sur l'avenir
de si perfides inquiétudes, et je crois que s'il
vous en survient de nouvelles, la plus gran-

de preuve de bon sens que vous puissiez
donner, sera de vous abstenir de les commu-
niquer au public.

Il est permis de demander qu'on s'explique
enfin sur ce qu'on entend par *pouvoir absolu;* épouvantail ridicule devant lequel on
prétend faire reculer le bon sens et la raison
d'une nation aussi éclairée que la nôtre ? Où
est-il ce pouvoir absolu, dont j'ai peur autant
que vous ? montrez-le moi ? les vieilles habi-
tudes sont-elles chez vous si fortes, que vous
ne puissiez comprendre le pouvoir que comme
ennemi des libertés ? Si seulement des *pro-
balités* nous montrent ces libertés compro-
mises d'une manière générale (1), il n'y a pas
encore trop de quoi trembler; cependant si
ces *probabilités* existent, recueillez-les; alors
il vous sera permis de les soumettre au jugement du public, surtout s'il vous est possible
de le faire loyalement, sans détour, et avec
le langage simple et franc qui convient si
bien à un homme qui se sent appelé, par un
cœur pur et désintéressé, à consacrer sa vie à

_____

(*) Page 66.

la plus belle, comme à la plus noble des causes. Mais celui que des motifs opposés guident, celui qui loue sa plume, comme il louerait sa maison, à ceux qui l'afferment le plus cher, celui qui soutient et défend tour-à-tour les opinions les plus opposées, celui qui a le cœur rempli de désirs sordides, celui qui est poussé par un goût puéril pour l'éclat et le bruit, sans s'embarrasser du mal, celui qui comprend le gouvernement du monde au moyen de la vanité; celui-là a-t-il le droit d'élever la voix? a-t-il les qualités qui peuvent déterminer le public à écouter ses paroles, et à les croire sincères? Je vous le demande, Monsieur; et je suis en attendant votre réponse, avec les sentimens, etc.

NOTA. Jamais, à aucune époque, on n'avait travaillé avec autant d'opiniâtreté à donner à l'opinion publique une fausse direction; jamais, à aucune époque, l'esprit de parti n'avait pratiqué autant de ruses pour égarer la France, en dénaturant les faits sur ses intérêts véritables. Il était donc nécessaire, urgent même, d'éclairer le public, de lui montrer les faits tels qu'ils sont, et dégagés de prestiges, afin que la question pût être jugée en connaissance de causes par toutes les personnes pourvues d'un sens droit; afin aussi qu'il fût bien no-toire que le gouvernement ne pouvait plus, sans trahir ses devoirs envers la nation, conserver l'état de paix; qu'*ainsi la guerre est inévitable*, que cette guerre ne présente aucunes chances qui puissent en rien inquiéter la France, que l'issue des événemens ne saurait être douteuse, et que toutes les frayeurs et les terreurs qu'on a essayé de répandre sont des manœuvres des amis des descamisados ou jacobins d'Espagne, manœuvres aussi méprisables que leurs auteurs.

Le public a maintenant sous les yeux les pièces du procès, il pourra juger en connaissance de cause, de quel côté se trouvent la raison, la bonne-foi et l'amour véritable des intérêts de la patrie.